# না বলা কথারা

সম্পাদনা: সায়ন বণিক

নিরুপম বনিক

NOTION PRESS

**NOTION PRESS**

নং ৮, তৃতীয় ক্রস সেন্ট,

সিআইটি কলোনি, মাইলাপুর,

চেন্নাই, তামিলনাড়ু ৬০০০০৪

প্রথম প্রকাশ, ২০২২



প্রচ্ছদ: মনোজিৎ নন্দী

# উৎসর্গ

আমার মা, স্বর্গীয়া **জয়া বনিক**-এর স্মৃতির উদ্দেশ্যে

না বলা কথারা

# সূ চি প ত্র

## সূচিপত্র

# সূ চি প ত্র

# সূ চি প ত্র

# সংলাপ

~ আমার চাঁদঘর দেখবে ? ঐ ছাদে ।

— চাঁদঘর ? সেটা আবার কেমন ?

~ খানিকটা ছাদ । থাকে সেথায় চাঁদ ।

— চিলের মতো উঁচুতে ? মানে, চিলেঘর ?

~ উঁহু।

— তবে ?

~ ভাবো । ভাবো ।

— চার দেওয়ালে অক্ষরমালা। চেতনায় কুঞ্জবিতান ...

~ ফুল বাগিচার মতো ?

— হুম । হৃদয়জাত ।

~ আর ?

— ঝড়ঝঞ্ঝা - খরা - প্লাবন

ডুব সাঁতারে ডোবা নয়তো

চিৎ সাঁতারে ভাসা !

কল্পনা-রঙিন অবগাহন

~ তবে তো মজার !

— ইচ্ছে ডানা মেলে আনি

স্বপ্ন রঙিন চাঁদ

জ্যোৎস্না মধুর স্নিগ্ধ সুরে

ঘরময় ফুলেল ছাপ ।

~ তারপরে ?

— অঝোর ধারায় ঝরুক না হয়

বৃষ্টি সারারাত !

## খোয়াব

সকল যন্ত্রণার অবসান হলে

খুঁজে নিয়ো তাঁর এ-ঘর ও-ঘর

যা কিছু সব

এলোমেলো । দেরাজ খুলে ।

পাবেই পাবে । কিছু না কিছু !

এ-ধারে ও-ধারে রয়েছে পড়ে

না বলা কথারা

বিলিয়ে দিয়ো তাদের মাঝে
হারিয়ে গেছে স্বপ্ন যাদের
বিছানা আর রান্নাঘরে
চিরতরে ।
দিয়ে দিয়ো শেষ হাসি টা
তাদের মুখে । যাদের শিশু
ফেলে গেলো বনবাসে
শেষ বয়সে ।
পাল্টে দিয়ো শাড়ির রঙ
সেই মানবীর । সিঁথির সিঁদুর
মিলিয়ে গেলো শেষ রাতে ।
গান স্যালুটে বিদায় নিলো
যার স্বামী আজ তার থেকে ।
হদিশ পাবে দু- চার ফোঁটা
চোখের জলের । কুড়িয়ে নিয়ে
ঢেলে দিয়ো সেই কবিদের যতন ভরে ।

রইবে বেঁচে যাঁদের ছোঁয়ায়

শেষ চরণে ।

আর যা কিছু সবার শেষে

লোভ ঘৃণা ভয় ।

জানি গো জানি

চিতার সাথে রইবে পড়ে

ওই টুকু ছাই । উড়িয়ে দিয়ো

রইবে ভেসে । শেষ খোয়াবে ।

## বসন্ত ফাগুন

সুখে তোমার বেশ থাকা, শেষে তার রেশ থাকা

বসন্তেরই ক্ষণে জাগে ফাগুনের আগুন

ফুল ফুটে ঝরে যায়, না ফুটে মরে যায়

এসো এসো প্রাণে এসো বসন্ত ফাগুন।

আঁখি যদি ঢেকে যায়, আঁধি যদি ছেয়ে যায়

তবু কেন ভরে যায় রাঙা আগুন।

চাও বা না-ই চাও, রাই তিসি না-ই দাও

বাইরে চেয়ে দেখো এসেছে ফাগুন।

আলো যদি মুছে যায়, কালো যদি ঘুচে যায়

আগুনে ছেয়ে যায় বসন্ত ফাগুন

ভবের হাটে যদি থাকো, হাট শেষে না-ই থাকো

দাঁড়িয়ে সে তোমার দ্বারে বসন্তের ফাগুন।

সুর যদি চলে যায়, চাঁদ তারা ঢলে যায়

ধরা কি দেবে তবু বসন্তের ফাগুনে ?

হয়তো সে হাসবে না, যেন ভালোবাসবে না

আঁখিজল মুছে নিয়ো এই ভরা ফাগুনে !

## ভাষাদিবসে

কৌশলের সাথে আমাকে নিষিদ্ধ করা হতে পারে

নিষিদ্ধ হয়ে যেতে পারে আমার ভাষা,

আমার চেতনা,

আমার এই লেখা ।

কথা বলার অধিকার আমাকে দেওয়া হয়েছে

আর এক হাতে ধরিয়ে দেওয়া হয়েছে

নির্বাচিত পান্ডুলিপি ।

স্বাধীনতা দেওয়া হয়েছে

কিন্তু প্রয়োগশালায় ঝুলছে তালা !

সন্তানের খুনে পিতা করবে শুধুই হাহাকার

আর চাইবে বিচার স্বয়ং স্রষ্টার কাছে

যেটা কিনা সর্বোচ্চ এবং শেষ বিচার

ধর্ষিতার জীবন মানেই কলঙ্ক

বিচার চাইলেই আবার ধর্ষণ !

না, এবার ধর্ষিত হতে হয় বিচার ব্যবস্থায়

আর সংবাদপত্রের মুখরোচক শিরোনামায় !

নিরপরাধ বাপঠাকুর্দার খুনের তদন্ত

শেষ হতে হতে

নাবালক সন্তানের চুল দাঁড়ি পেকে গেলেও

কি পায় তার ন্যায় বিচার ?

নাকি প্রশাসনের প্রহসনে পরিণতি পায়

বিচার প্রার্থীর নিঃস্বতা আর

বিত্তবানের প্রভাবশালিতা ?

তবু প্রতিটি দিনের সারি সারি মৃত্যুমিছিলে

বাতাসে মুখরিত কান্নার আর্তনাদে

গুরুতর অসুখ এখন আমার নিঃশ্বাস

যেন আমি নির্মম অজ্ঞাতবাসে বন্দী ।

বুদ্ধিজীবী আর সমাজসেবী - কেউ নেই একা

বিক্রি হয়েছে যাঁর নিজের বিবেক

শিক্ষা প্রতিষ্ঠানের আঙিনায় চাষ হয়

শাসকের কুন্ডলী বানানোর অনুগত সৈনিক

যেন দামী জহরতের সন্ধানে

সকলেই লুঠতরাজের অবয়ব

তাই আর কবিতা পথ চেয়ে থাকে না

পদদলিত হয়ে চলে সাম্রাজ্যবাদের পদভারে

ক্রমাগত । তাই আমি কবি হতে চাই নি ।

আমার যদি কোনো লেখা থেকে থাকে

যার প্রতিটি শব্দে ঘুম ভেঙে যদি জেগে উঠতো

মানুষের মন

তৈরী হতো নবজাগরণ

অনাহারী ছুঁড়ে ফেলে দিতো

তাঁর খাবারের থালা

বন্দুকের নলের মুখে পেতে দিত বুক

আর আকাশে বাতাসে ধ্বনিত হতো

“চাই না তোমার এই স্বাধীনতা । ফিরিয়ে দাও

আমার ভাষা । মায়ের দুধের মতো ”

লেখা তখনই হবে সার্থক যখন

আমি লিখনশৈলি দিয়ে লিখতে পারবো

তবে কি আমরা মানুষ ? কোথায় তবে

মানুষের প্রতি মানুষের সহমর্মিতা ?

সহানুভূতি ? সহনশীলতা ? অর্থের বিনিময়ে

নিজের সন্তানরূপে গর্ভে লালনপালন

করে বিত্তবানের হাতে সমর্পণ হেতু দীর্ঘশ্বাস !

ঋণে জর্জরিত কৃষকের আত্মহননের জন্যে

বুকভরা সমবেদনা অথচ শিল্পপতির জন্যে

ঋণমুকুবের বিস্তর ফিরিস্তিমাফিক প্রতিবাদ !

করেছি ? বা করতে পেরেছি ?

হ্যাঁ, এসব সংবাদ সূচারুরূপে পরিবেশন

করে মোসাহেবীপনা নিয়ে দিব্যি বেঁচে রয়েছি !

ঠিকই শুনছেন । বেঁচে আছি

সস্তা জীবন নিয়ে

এক বৃথা জন্মের ।

চারদিকে ঘন মেঘের ঘনঘটা

মুখরিত হয়েছে আকাশ বাতাস

আর্তনাদে আলোরিত হয়ে আছে

অথচ লেখক জানে না !

এ কেমনতর দুর্দিন ?

যেখানে স্বয়ং ঈশ্বরের ঘুম ভেঙে যায়

এমন লেখায় !

আর মানুষ কেন জেগে উঠবে না ?

কবিতার আকাশে ঊষাকালে কেন

ভাঙবে না মরণঘুম ?

প্রতিটি মানুষের মধ্যে জেগে উঠুক চেতন

ভাষা ফুটে উঠুক প্রতিটি মানুষের

কবিতা হোক বা লেখাই হোক - চলুক আপনমনে

মাতৃভাষার দখল আসুক প্রতিটি মানুষের ।

শুভমস্তু ।

## ভালোবাসার দিনে

চিবুক ভেজা

উষ্ণ জলে

আধভেজা যে

আমার ঠোঁট

তোমায় পেয়ে

চমকে দেখি

সব ব্যালটেই

আমার ভোট

## শুভেচ্ছা

বাক্য লিখি তোমায় নিয়ে

সাধ্য আমার অমনি কই

চোখে তোমার তীরের গোলা

ত্যাগ স্বীকারে বাধ্য হই

তুমি আমার নয়ন মণি

একলা রাগের চুপ থাকাতে

তোমার কাছে বাড়তি পাওয়া

দোদুল দোলার ভাবনা হাতে

তবু আবার কাব্য গাঁথি

বুক পকেটে সাহস সাথে

মন ছোঁয়াচে লেখা আমার

শুভ দিনের গোলাপ হাতে

## বিলাপ

তোমাকে দেবো ভেবে
মজা নদীর এক আঁচলা জল
ছেঁচে এনেছিলেম মৌরলা মাছ
একমুঠো । গামছা বেঁধে । সেই কবে
হাতের ভাগ্য রেখা ধরে চলে গেছে
শেষ বিকেলের ট্রেন । বেলাকোবা হয়ে
রাণী নগর, মোহিত নগর ..... দিয়ে
একদিন না একদিন, দেখা হবেই সখা
বাঁশের বেড়া বেয়ে টিনের চালে
উঁকি দিয়ে লতানে লাল পুঁই ।
বাতাসে ভেসে আসা আকাশী লঙ্কার ঝাঁঝালো ঘ্রাণ ।
কাঠকয়লার ধোঁয়া
মেঘে মিশে যদি চিঠি হাতে আসে

## না বলা কথারা

তবে যাব । কথা দিলাম । বসন্তে ।
জানি, তুমি দিয়ে গেছো তারে
সেই মাছ । জালে ফেলে ।
তফাৎ এটাই ।
সখা, তুমি কি ঘিরে আছো তারে ?
বেঁধে রেখেছো সময় ? পুঁই শাকের
মাচায় ! তবু
মজা নদী প্রাণ ফিরে পায়
শত সহস্র কত জলরাশি
কত ঢেউ ! আসে আর যায়
ছলছল করে জল ! এই হৃদয়পুরে
ঝাঁকে ঝাঁকে আসে আর যায়
কত মাছ শেওলার গভীরে ।
ট্রেন থামে । নিঃশ্বাস ছেড়ে
কালো কালো ধোঁয়ার সাথে
হুইসেল বেজে ওঠে

বুকের পাঁজরের খাঁজে

দুই ধারে বাঁশ বন, মাঝে

রেল লাইন । নেমে পড়ি বেমালুম

কোনো এক মাঝের স্টেশনে ।

সখা , মাঘ কুয়াশা ভরা গাঢ়

আঁধারে । যাব কোথায় ?

ঝাপসা হয়ে আসে জ্যোতি

স্মৃতি বয়ে আনে মরিচের ঘ্রাণ

কখনো বা চকচকে মৌরলা মাছের

ঝিলিক হয়ে । আমার দুই চোখ

বেঁধে নিয়ে আসে আলোতে

দেখো যারে তুমি দিয়েছিলে

সেই মাছ । আজ কত অসহায়

সে ! দধিচির মতো । আত্মাহুতি

দিয়ে নিয়ে গেছে বুকের পাঁজরের

বারো জোড়া হাড় । অস্ত্র বানাবে বলে।

বানিয়েছে নতুন পিঞ্জর ।

ভালোবাসতে শিখিয়েছে ভগ্নাংশেরও

কম অংশকে । সমগ্রকে উপেক্ষা করে ।

হ্যাঁ । শুধু পিঞ্জর । নতুন পিঞ্জর ।

নতুন বাড়ি । নতুন ঠিকানা ।

নব কলেবরে আমি মেতে উঠি

উল্লাসে । কালো কফির চুমুকে ।

চোখের সামনে থেকে দূরে দূরে

সরে যায় । ট্রেনের কামরা

আর বাঁশবন । যেখানে ফাটল

শুধুই । এখানে সেখানে জমে

নোনাজল । ফাটলে ফাটলে ।

প্রতিদিন । প্রতিনিয়ত । আগাছায়

যদি বা কখনো পড়ে চড়া রোদ

চিকচিক করে ওঠে হারানো

মৌরলা মাছের ঝাঁক আর

না বলা কথারা

মাছরাঙা পাখি ।

## সঞ্চয়

একে একে সুখের স্মৃতিগুলো যদি

সঞ্চয় করে আমানত করা যেত

কোনো এক মাটির ব্যাংকে,

তবে এতদিনে স্বল্প সঞ্চয় প্রকল্পে

অর্জিত হতো তোমার সাথে

কথোপকথনের প্রতিটি টুকরো মুহূর্ত ।

যেমন, খুনসুটি । মিষ্টি মধুর চাহনি ।

রোমকূপের শিহরিত স্পর্শানুভূতি ।

আরো আছে ......

এখনকার অচল হয়ে যাওয়া

কিন্তু তখনকার সচল নয়া পয়সা,

সিকি, আধুলির মতো

মায়ের বুকের ওম । গায়ের গন্ধ ।

জ্বরে কপালে জলপট্টি দেওয়া

বাবার হাতের স্পর্শ ।

মায়ের বেড়ে দেওয়া পায়েস নিয়ে

ভাই বোনেদের কলরব ।

পূজোর আগে লুকিয়ে রাখা জামা জুতো । পুতুলের বিয়ের আয়োজন ।

অথবা লুকোচুরি বা খেলা শেষে

দেরি করে বাড়িতে আসা মাত্রই

মায়ের বকুনি ।

যদি জানতাম সুদ পাওয়া যাবে ....

খরচ না করে

জমিয়ে রাখতাম সব কানাকড়িটুকু ।

চক্রবৃদ্ধি হারে সুদে মূলে

এতদিনে বেড়ে যেত কত !

যখনই সুখের অভাব হতো,

একটু একটু করে সুদ ভাঙিয়ে নিতাম

জমানো আমানত থেকে ।

মাটির ব্যাংকে যদি

জমিয়ে রাখা যেতো শুধু সুখ !

# গাঁথা

প্রেম করো । প্রেমে পড়ো ।

এমন মেয়ের সাথে, যে বই পড়তে ভালোবাসে ।

আর যদি মেয়ে হও

এমন ছেলের সাথে, যে বই পড়তে ভালোবাসে ।

বই জমিয়ে জমিয়ে যে তার জমানো আমানত নিঃশেষ করে দেয় ।

বিলাস ভুলে যে শুধু বই সংগ্রহ করে ।

কি করে বুঝবে ?

বইয়ের দোকানে মুগ্ধ নয়নের অন্বেষণ

যেন পছন্দসই গ্রন্থ হলেই চোখের ভাষায় ধরা দেবে

হাতের স্পর্শে প্রাণ ফিরে পাবে

নেশাখোরের মতো ঘ্রাণ নেবে

তাতেই বুঝবে । খানিকটা ।

যদি দেখো তার একহাতে গরম কফির কাপ ।

এক চুমুকেই সে হারিয়ে গেছে লেখার জগতে ।

চোখের সামনে হাত নাচিয়ে দেখো

পলক পড়ছে না ।

হয়তো আরো গভীরে তলিয়ে যাচ্ছে

প্লিজ তাকে আর বিরক্ত করো না ।

বরং তাকে আর এক কাপ কফি এনে দিও ।

সে যদি তোমাকে কোনো একলা বিকেলের কথা শুনাতে চায়

আগ্রহ ভরে জেনে নিও ।

জানি, তোমার ভালো নাও লাগতে পারে ।

তবু শুনো ।

নিশ্চয়ই পৃথিবীটা ধ্বংস হয়ে যাবে না এই 'না - ভালো লাগা'
সত্যটুকু গোপন রাখলে ।

তাকে উপহার দেওয়া সহজ ।

কারণে অকারণে ।

বুঝে গেছো নিশ্চয়ই ।

## কি উপহার ?

বিকল্প মাথায় এনো না ।

কথার মালায় গাঁথা ভরিয়ে দিও ।

তবেই তুমি তার ভেতরে প্রবেশ করতে পারবে । সংগোপনে

গভীর রাতে ঘুম ভেঙে যদি দেখো

তার হাতে বই । দু'চোখ দিয়ে অঝোরে জল পড়ছে

তাকে কাঁদতে দিও ।

রুমাল এনে দিও ।

আর এককাপ চা বানিয়ে দিও ।

কম্বলে জড়িয়ে দিও ।

দেখবে সে উষ্ণতায় হারিয়ে যাবে একসময় ।

এমন ছেলেই হোক বা মেয়েই হোক

তুমি তাকেই ভালোবেসো ।

আর যদি না বাসো । এসব যদি

তোমার কাছে অর্থহীন বা মূল্যহীন মনে হয়

তবে তোমার একলাটি থাকাই ভালো ।

আর যদি পৃথিবীটাকে আরো সুন্দর মনে কর

তবে তুমি তার মনের কথাগুলো লিখে প্রকাশ কর

আরো ভালো হয় তবে ।

## কান্নার আড়ালে

যখন তখন কাঁদতে নেই ।

পর্ণমোচী গাছের পাংশুল পাতারা যদি ঝরে পড়ে

তবে কাঁদতে পারো । আড়ালে ।

পড়ে-থাকা ফুলের পাপড়ির মাঝে

চোখের জল ফেলতে পারো । না হারিয়ে ।

মৃত্যু-কে জড়িয়ে কাঁদতে নেই ।

খেয়া পারাবার শেষে যদি একলা ফেরো

তবে কাঁদতে পারো । নীরবে ।

না হারানো জল ফেলতে পারো । দু-চোখ বেয়ে ।

নচেৎ বালিশ ভেজাতে পারো । আঁকড়ে ধরে ।

চাইলে তুমি কাঁদতেই পারো । যখন তখন ।

চোখের জলে বান ভাসি । ওই শুকনো নদী ।

না হয় একটু কেঁদেই নিয়ো । ভরে যদি ।

নিঝুম দুপুর । রাত গভীরে ।

একলা একলা ভিজবে যদি ।

## ফেরিওয়ালা

লেখা চাই ? লেখা ?

আছে । আমার ঝুলিতে

সব ধরনের লেখা ।

শখের লেখা, আহ্লাদের লেখা

আমুদে লেখা, বিয়োগের লেখা

কল্পনার লেখা, বাস্তবের লেখা

আনন্দের লেখা, দু:খের লেখা

অসুখের লেখা, সুখের লেখা

অরাজনৈতিক লেখা, যাতনার লেখা

ভার্চুয়াল প্রেমের লেখা, রঙিন লেখা

ছোটোদের লেখা, বড়োদের লেখা

যে প্রেম এখনো আসে নি - তার লেখাও

খুব শিগ্গির বের হতে চলেছে ।

শুধু লেখা নয় । লেখার

বিভিন্ন অঙ্গপ্রত্যঙ্গ, যেমন

কাটা হাত, ভাঙা দাঁত

চাপা মুখ , চওড়া বুক

পুং-লিঙ্গ, স্ত্রী-লিঙ্গ

চোখের ভুরু, গোঁফের শুরু

সব কিছু রাখা এই ঝুলিতে ।

তাই দেরি না করে

ছুটে এসো খুব জোরে

লুফে নাও প্রাণ ভরে ।

চাই কি ? লেখা ?

## বর্দ্ধিত লকডাউন

উঠছে না একেবারে লকডাউন বাড়ছে
খুলে গেলে রং রুট জনগণ ভাবছে
যত খোলা তত বেশী ক্ষণে ক্ষণে শব্দ
চুপচাপ ভাইরাস মনে মনে জব্দ
জেনে রেখো ভ্যাকসিন এক্সপ্রেস চলছে !

## তোমার আমার এক নজরুল

কোথায় রাম কোথায় রহিম
বৃথা খুঁজে ফিরি বিলকুল
মানুষের মাঝেই রাম রহিম
তুমি বলে গেছো নজরুল ।
সুখ শান্তি ফিরেছে আঁধারে
ধর্ম করেছে পথ ভুল
কলম তোমার বিপ্লব এনেছে
তাই তুমি কবি নজরুল

ভাতের আবার জাত কি ?

জন , শ্যাম বা সরিফুল !

হারিয়েছে কাজ, তবু বেঁচে

থাকে যেন ওরা নজরুল ।

গঙ্গা যমুনা বইছে আপন

কলকল বেগে দুই কূল

ওপার বাংলা এপার বাংলা

তোমার আমার এক নজরুল

# সলিলসমাধি

করোনার মৃতদেহ নিয়ে গেলো মর্গে

যেতে যেতে শাপ দিলো বাকি তোরা “মর গে”

তারপরে কি যে হলো

কতশত মারা গেলো

নদীতে ভেসে ভেসে লাশ গেলো স্বর্গে !

# রবি স্মরণে

এক কচি শিশুকে শুধালাম, রবি ঠাকুর-কে চেনো ?

সে তার দু- বাহু যতটা সম্ভব প্রসারিত করে বললো, উনি বিশাল ।

আবার তারে শুধাই আমি, বিশাল মানে ?

উত্তর এলো, বিশাল !

বলি তারে, বিশাল ? মানে বটগাছ ?

সে বললো, আরো বিশাল !

সে কি বুঝে যে উত্তর দিলো

আর তার ব্যাপ্তি যে কত গভীর

তা ঠাহর করা কঠিন !

তার আধো কথার বলার ভঙ্গী,

মুখের অভিব্যক্তি - বর্ণন করা যে কত না দুরূহ

তা প্রকাশ করা সম্ভব ?

ওই একটি মাত্র শব্দের ভাব প্রকাশে

যা বললো তা ভাষায় ব্যাখ্যার বাইরে ।

শুধু এটাই বুঝি যে বিশাল বটগাছ

যা আজ দৃশ্যত নেই

কিন্তু তার মূল, উপমূল, শাখামূল

অনাদি অতীতের বুক চিরে

অনন্তকালব্যাপী ছড়িয়ে পড়েছে

যুগ যুগান্ত ছাড়িয়ে মিলিত হয়েছে

চন্দ্র, গ্রহ , তারার সাথে এক উজ্জ্বল

নক্ষত্রের রবিকিরণে !

যেখানে তার সৃষ্টি

বটের অজস্র ঝুরির মতোই

পাকিয়ে রয়েছে নাড়ির মাঝে

জড়িয়ে যাচ্ছে অতীত - বর্তমানের সাথেই

ভবিষ্যতের সন্ধিক্ষণে !

# লক্ষ্মীর পাঁচালি

মা লক্ষ্মীর ব্রতকথা অমৃত সমান

নিরুপম ছড়া গাঁথে শুনে পূণ্যবান

কোজাগরী পূর্ণিমায় প্রতি ঘরে ঘরে

মা-লক্ষ্মীর পূজো হয় ধুমধাম করে

জলভরা ঘটে আঁকো সিঁদুরের ফোঁটা

আমের পল্লব দাও তাতে এক গোটা

পাত্রে সাজিয়ে দেবে গোটা সুপারি পান

সিঁদুর গুলিয়ে দেবে ব্রতের বিধান

প্রতিমা সাজিয়ে দাও বেদীর ’পরেতে

ধূপ দীপ জ্বালিয়ে রেখো এক ধারেতে

শঙ্খ বাজিয়ে মা-কে বরণ করে নাও

ফলমূল চাল কলা যতনে সাজাও

ফুল দূর্বা ধান দিয়ে লক্ষ্মীপূজা হয়

সযতনে আলপনা আঁকা যেন রয়

পূজা শেষে লক্ষ্মীর পাঁচালি পড়া চাই

উলুধ্বনি দিয়ে মা-কে প্রণাম জানাই ।

সারিয়ে তোলো পৃথিবীর যত অসুখ

আবার ভরাও ধরার সংসার সুখ ।।

## হিটলারি

গর্জায় যত মেঘ বর্ষায় তত কি ?

বলে ফেলি শত কথা ভেবে দেখি অত কি ?

কার কোল খালি হল !

কার শিশু পুরে ম'লো!

কুর্সিতে বসে আমি "হিটলার" ছাড়া কি ?

## প্রতিবাদী

যেই আমি চোখ বুজেছি

বদলে গেলো দেশ

মুখোশ পরে মানুষ যেন

পাল্টে গেছে বেশ

হরি ঘোষ চালায় দেশ

প্রতিবাদের ভাষা স্তব্ধ

মুখ খুললে বাড়বে বিপদ

না মানলে কারারুদ্ধ

স্বাধীনতার স্বাদ চাখে রাজা

মন্ত্রী সান্ত্রী যত

তুমি আমি তৃতীয় পুরুষ

ঐ রাজার পদানত

সেরার সেরা জামা কাপড়

খাবার থাকার ঘর

এসব কিছু তাদেরই জন্য

আর সবই পর

ঘোরা ফেরা লেখা পড়া

হয়েছে কাজের সংস্থান ?

নয় এসব সবার জন্যে

চাই ক্ষমতায় বলীয়ান

সব ধর্ম নিপাত যাবে

রইবে কোনো স্থান ?

রাজধর্ম ঐ উঠলো জেগে

হবে তাতেই পরিত্রাণ

মিথ্যা খেলা সত্য হবে

রাজার আদেশ মতো

পাল্টে যাবে পড়ার ধরন

বই পত্তর যতো

ক্রমেই জঙ্গী হবে মানুষ

রইবে দূরে ভালোবাসা

ঘৃণার ভাষা ঠাঁই পাবে

বাড়বে বিভেদ সর্বনাশা !

রইবে না গোপন কিছু

আমাদের বসত ঘরে

রাজার চর মারছে উঁকি

তোমার আমার অগোচরে

না বলা কথারা

ছাইয়ের মাঝে আগুন চাপা

বুকের মাঝে ঝড়

রাজার নীতি দাও পুড়িয়ে

হওনা যতই পর ।।

## মাস্ক মুখে মস্করা

মাস্ক আমি পরতে কিন্তু ছাড়ি না

মুখের মাঝে যদিও বা রাখি না

নাক খানি না ঢেকে আর পারি না

গলাতে রাখতে ঝুলিয়ে ছাড়ি না ।

হাঁচি কাশি চেপে রাখা বড় দায়

সারাক্ষণ মাস্ক মুখে রাখা যায় ?

মাঝে মাঝে পকেটেও রাখা যায়

বাসে ট্রেনে ঘুম চোখ ঢাকা যায়।

বিনা মুখোশে কত লোক চলছে

করোনা তাই দিনে দিনে বাড়ছে

সোশ্যাল ডিস্ট্যান্স নিয়ে কতদিন ?

গায়ে গায়ে ছোঁয়া বাড়ে ঘিনঘিন ।

তাই তো আমি মাস্ক সাথে রাখবো

পুলিশের গুঁতো থেকে তো বাঁচবো

দিনে দিনে যত বাড়ুক করোনা

মনে মনে বাপের নাম ভুলো না ।

হাসি টুকু লুকিয়েছো মাস্ক মুখে

কান্নাও কি শুকিয়েছো দুই চোখে ?

সাবধানে মাস্ক মুখে পড়া চাই

নিজে বেঁচে অন্যকে বাঁচাও ভাই ।

## ব্যর্থতা

নাই বা বাজে আমার মুঠোফোন

নাই বা শুনি চেনা রিং টোন

পেলে না তাই জানতে কলার টিউন

নাই বা ভেসে এলো তোমার কথা

বোঝাতে পারি নি তোমায় মূল্যবোধের ব্যাথা
মানছি আমি জীবন আমার ভরা ব্যর্থতা !

## তফাৎ

দুপুর পেরিয়ে গেছে অনেক কাল আগে তার
জং-ধরা ভোঁতা ছুরি । ঘষে ঘষে করি ধার !
হাজারটা কবিতা
বেকার সবই তা
রোজ রোজ ফেরি করি জ্যান্ত আর মড়ার !

## উন্নত মম শির

দুঃখ যন্ত্রণায় কেঁদেছে যারা
এনেছো মুখে তাদের হাসি
কারণে অকারণে তান হারা
বাজে আজও বিষের বাঁশি !
যাদের ঠেলে দূরে ফেলে

কবি তারেই নিয়েছো বুকে

অপমান সয়ে বুকজ্বালা বয়ে

দুখু তারে রেখেছো সুখে !

জাতের নামে বজ্জাতি দেখে

একই বৃন্তে ফুটিয়েছো ফুল

একূল ওকূল দু-কূল খোয়ানো

দিয়েছো তাকেই তোমার কূল !

সৃষ্টি সুখের উল্লাসে আজ

টগবগে তাজা মনের ভাষা

উন্নত শির নত করি

নজরুল, তুমি প্রাণের আশা ।

## তোমার আমার এক রবীন্দ্রনাথ

তোমায় স্মরণ করেই করি শুরু

কবি তোমার নাই যে কোনো শেষ

শতবর্ষ কবেই গেছে চলে

রবির আলোয় জ্বলছে তাঁরই রেশ !

যেদিকেতে চাই তোমায় দেখতে পাই

কেবল দেখি তোমার মালা গাঁথা

নত হয়ে তোমায় যেন পাই

চরণচিহ্নে রাখতে চেয়ে মাথা !

রয়েছে পড়ে সৃষ্টি প্রলেপ অনেক

দাঁড়িয়ে যারা নদীর পাড়ে আজও

তাইতো তুমি জোয়ার - ভাঁটার দিনে

সবার প্রাণে সমান সুরে বাজো !

সুরের স্রোতে অবগাহন করি

স্বরলিপি স্ব - মেজাজী তান

গঙ্গাজলে গঙ্গাপূজো যেন

তোমার গানে জুড়োয় সবার প্রাণ !

প্রার্থনাতে নোয়াই মাথা তোমায়

আঁধার কেটে আসে নতুন প্রভাত

এমনি করেই বাঁচো সবার প্রাণে

তোমার আমার এক রবীন্দ্রনাথ !!

## সামাজিক দূরত্ব

দূরত্বকেই ধ্রুবক ধরো । সামাজিক । বেশ তো জানি

যেতেই হতো অনেক দূরে ! তাই দূরত্ব অনেকখানি !

আলুথালু চুল উড়ে গেলে কেই বা ঠিক করে দিতে পারে

ভালোবাসাটুকু দূরে চলে গেলে ভালো থাকা দায় হয়ে পড়ে !

একলা আকাশ ঝড়ের মুখে একলা নাবিক, অনেক দূরে

হারিয়ে যাবার আগে আজও, তোমার মুখটি মনে পড়ে ।

## আঁধার শেষে

ঝড়ের পরেও যে তরীটির তীরে ফিরে পাওয়া

জীবন মানে ঝড়ের শেষে আবার তীরে যাওয়া !

আঁধার মাঝে জ্বললে আলো, জ্বলুক শেষ অবধি

দিনের আলোয় আঁধার কাটুক, বইতে থাকুক নদী !

# বর্ষবরণ

বসন্ত যেন হারিয়ে গেছে
বছর হয়েছে শেষ
জীবন নদী বাঁক নিয়েছে
মনে স্মৃতির রেশ !
নতুন সুরে গান বেঁধেছি
গাইছি নতুন গান
নতুন দিনের চাওয়া শুধু
দাও ভরিয়ে প্রাণ ।
পুরনো যত মন্দ ছিল
সব ব্যাধি যাবে চলে
নতুন সাজে সাজবে ধরা
ভরবে ফুলে ফলে !

# ফন্দি

আর ক'টা দিন কষ্ট কর ভাই

কারাগারে নয়, ঘরেই থাকো বন্দী

ইতিহাস হবে বেঁচে থাকার লড়াই

বাইরে নয়, বাড়িতেই করো ফন্দি !

নতুন পৃথিবী তৈরী হচ্ছে আজ

আকাশে বাতাসে জেগে উঠেছে প্রাণ

তফাৎ যাও ! বাঁচাতে হবে সমাজ

উড়বে পাখি, গাইবে আবার গান ।

স্রষ্টার সৃষ্টি ভুলেই গিয়েছি যেন

ভাইরাস তাই মনে করিয়ে দিলো

দেখতে পাচ্ছো আজ দূষণ কোনো ?

করোনা ভাইরাস অহংকার কেড়ে নিলো

কাল থাকবো কিনা, হিসেব হবে তারি আজ

বাঁচার লড়াইয়ে সামিল হয়েছি আজি

আজ আটকে থাকো, করবে কাল বাকি কাজ

চলো তবে , একলা হয়েই এখন বাঁচি ।

আর ক'টা দিন যুদ্ধ মনে করে

থাকতে কি পারোনা নিজের ঘরে বন্দী ?

গল্পে গাঁথা হবে একটা সময় পরে

জব্দ হবে করোনা, এই ছিলো সেই ফন্দি !

## প্রেম দিবস

ফাইলের ভাঁজে বন্দী গোলাপ

হৃদ মাঝারে রাখি

তুমি যাকে ভালোবাসা বলো

আমি তাকেই কবিতা বলে ডাকি !

মন বদলায়, ঋতুরাজ বসন্তের

ঝরা পাতার মতো, ঠিক !

তুমি যাকে নস্টালজিয়া ভাবো

আসলে সে হৃদয়ে গাঁথা না-ভোলা তারিখ !!

# হাসাহাসি

হাসতে দেখে হাসছি শুধুই

কেমন হাসি আহ্লাদে

হাসির লড়াই নিয়ে বড়াই

দাঁত কেলিয়ে পাল্লা দে '।

হাসতে হাসতে পেট ফেটে যায়

চোখ ফুঁড়ে হায় বেরোয় জল

হাসছি কেন তাও জানি নে

হাসির টনিক দিচ্ছে ফল ।

হাসছি আমি হাসছো তুমি

হাসতে থাকো চোখ বুজে

হাসতে যদি না চাও তুমি

দিচ্ছি খোঁচা নখ গুঁজে ।

শুধু শুধু হাসবো কেন

হাসির খোরাক ত্যাগ করে

ফোকলা দাঁতে ধোকলা খাবে ?

আসবে হাসি ফ্যাক্ করে ।

হাসতে ভালোবাসি বড়োই

হাসতে ভালোবাসি

জয় করেছি জয় করেছি

দুঃখ রাশি রাশি ।

## নতুন বছরের শপথ

নতুন বছরে আর গোলাপ নয়

দাও দিয়ে দাও আগুন ফোড়ন

বছর শুরুর মিষ্টি মুখে

রক্ত ফুটুক তার চে’ বরং ।

নিপুণ হিসেব নয়া বরষে

চরণ চিহ্ন হিংস্রতার

হাতে আঁকা মন হরষে

জীর্ণ হৃদয় বিমর্ষতার !

শুরুর দিনে শপথ কর

খতম কর সব শয়তানি

রক্তগঙ্গা আজ খুঁজে নিক

হয় ঘরোয়া নয় ময়দানী !

বছর বছরের মোমের মিছিল

বোরখা পড়ুক শরম পেয়ে

নতুন বছরে আর একটিও নয়

বাঁচুক, পড়ুক দেশের মেয়ে !

## লাশ

মারছি মোরা মরছি মোরা

বইছি কাঁধে লাশ নিয়ে

মরছে মানুষ ট্রেনের তলে

নয়তো ঘাতক বাস দিয়ে

চাই যেদিকে খুন খারাবি

গুম করে খুন ধর্ষণে

জ্যান্ত প্রমাণ লোপে মত্ত

ওই লাশের বারিষ বর্ষণে !

কেউ বা বানায় মানববোমা

মারবে মানুষ, মানুষ দিয়ে

দেশকে বাঁচায় বীর সেনারা

আপন হাতে প্রাণ নিয়ে

আকাশে বাতাসে লাশের ঘ্রাণ

কান্নায় কার বুক ফাটে

ঠিক পাবি ঠাঁই কবরস্থানে

লাশ বহনের এই খাটে !

মানুষ মেরে হাত রাঙালি

দু'হাত ধুলি রক্ত মেখে ?

মনের আগুন জাগবে যখন

তৈরী থাকিস যাবি দোজখে ।

জ্বলছে আগুন দগ্ধ মানুষ

মরছে অযুত হাজার শত

জাতির বিবেক তাও ঘুমিয়ে

না বলা কথারা

উঠবে জেগে মরলে কত ?

## জেহাদ

তুরি মেরে উড়িয়ো ঘুড়ি

তোমার আমার এই দেশ

রিমোট নিয়ে দাও বুঝিয়ে

মানব বোমায় সব শেষ !

বাঘে গরুতে একই ঘাটে

জল খাবে কোন শর্তে ?

রক্তে রাঙা হবে ভোর

খেটে খাওয়া মানুষের রক্তে |

শিরা ধমনীতে জেহাদ ছুটুক

মানুষ খুনের বাছ নেই

মরবার আগে মারবে অমানুষ

বেছে বেছে শুধু মানুষকেই !

বসবে বিচার সব সাজানো

মিথ্যে হবে ধ্রুব সত্য

কেন মাথা আমরা কুটি

হাতে মাখি তাজা রক্ত !

বদলাতে পারো ফুল ফুটিয়ে

সারে জাঁহার এই হালচাল ?

নইলে ফের শপথ হোক

রেখে যাবো যত কঙ্কাল !

তবে চলো ঘুম ভাঙাই

মরে বেঁচে থাকা লাশেদের

প্রেম ভালোবাসা যদি পাল্টায়

তোমার আমার সব জেহাদের !!

## শেষ বিকেলে

না ।

ভেবে দেখিনি ।

আগে । কখনও । তবু ,

ভাবতে ভাবতে ,

উদাসী পকেটে হাত গলিয়ে দেখতে পেলাম

কানাকড়ি বাদে আর কিছুই কি নেই ?

তাইতো ! শুধু “আমি”-টাই পড়ে আছে ?

এদের নিয়ে কেউ দু’কলম লেখে না ।

লিখলে হয়তো আস্ত একটা কবিতাই হয়ে যেতো ।

হ্যাঁ । ঠিকই বলছি ।

না - বলা কবিতা !

তবুও তোমার ছন্দহীন শেষ - বিকেলের ঢিলে আঁচে

চুল শুকোতে বসা ,

এ আমার দীর্ঘসূত্রতার

এ আমার আলতো হাতে স্পর্শসুখ ।

ভয় হয় ।

যদি আর কেউ দেখে ফেলে । অগোচরে ।

............. যদি ! ইশস্ !!

তারপরে বুঝি ........

লেখাটি শেষ করবার আগেই

আঁধার নেমে এলে

অবাধ্য চোখের তারায়

কারা যেন ভালোবেসে

ঠুলি এঁকে তোমার খোলা বুকের অকশনে বেচে দিলো

বিশেষণ যত !

এরপরেও আমি বুকে আশা বাঁধি

শুধু তোমার হাত ধরে ঘুরবো ,

গড়বো নির্জন ইমারতও !!

## কোজাগরী রাতে

আলপনা আজ লেখার পাতা জুড়ে

গুছিয়ে রাখি জমিয়ে রাখা কাজ

তোমার পাড়ায় শঙ্খ বাজে বুঝি ?

আমার পাড়ায় লক্ষ্মী পূজা আজ !

পড়তে তুমি অনেক দামী শাড়ি

আমার ছিল বোতাম খোলা শার্ট

শাঁখা সিঁদুর সুখের মুখের হাসি

আজও আমি একই আন স্মার্ট !

গান বেঁধেছি দেখতে আকাশ - তারা

দাঁড়িয়ে দূরে দেখছে ওই দোতারা

কেমন করে হারিয়ে ফেলি ব্যথা

আরো গাঢ় হয় যে শুকতারা !

দেখেছি সেই কবে মধুরাত জ্যোৎস্নায়

ভোরের প্রথম শিউলি ভেজা কুয়াশায়

তখনো ভাবিনি ভালোবাসা কাকে বলে

কোজাগরী রাতে চাঁদ হেসে কথা কয় !

## নতুন আশা

নতুন আলো, নতুন আশা

কাদা মাটির সাজ

কাশ বনেতে কাশ ফুটেছে

বেশ তো লাগে আজ !

জানো পরী, কমলা রোদে

পাল্টে যাও যে তুমি

নতুন শাড়ি জড়ির পাড়

আর চোখে মরুভূমি !

নদীর ধারে একলা তুমি

হারিয়ে যাওয়া সকাল

তিস্তা পারে বোরোলি ঝাঁকে

মেঘ পেতেছে শাল !

এই তো সেদিন জোছনা রাতে

হাজার ঝাঁকের তারা

আমি তুমি চাঁদের পানে

আপন মনে হারা !

চুলের খোঁপায় গোঁজা ক্লিপ

সাথে শিউলি ফুল

রোজ তোমাতেই আমায় খুঁজি

নেইকো এতে ভুল !

হেঁটে হেঁটে হারিয়ে গেছি

কোন সুদূরের এক অজানায়

মনের মাঝে বসত কবি

এসব গেঁথে মালা বানায় !

সম্ভব কি এসব ভোলা ?

কেমন করে ভাবনা ছাড়ি ?

দাঁড়িয়েছিলে ছাদনা তলায়

লাল পেড়ে ঐ হলুদ শাড়ি !

বললে এবার দুষ্টু চোখে

" একটু কি ধরবে আমায় ?"

বায়না কিছু মিটবে পরে

কাজল রাঙা চোখের নেশায় !

এমনি করেই বছর কাটে

আবার দেবীর বোধন আসে

আঁধার আলো মুঠোয় ভরে

সঙ্গে তুমি থাকবে পাশে !

## আবার আসুক ফিরে

আসুক ফিরে সেই সুখের ওই দিনগুলি

পড়ার পাতা ঢেকে দিয়ে ডাং - গুলি

ছিপ হাতে ধরবো যে মাছ টোপ ফেলে

আষাঢ় মাসে ক্ষেতের পাশে ডোবা জলে

থাকবে ঝুলে কাঁচা মিঠা আম গাছে

ছুঁড়বো কি ঢিল তাক করে ? পড়ে পাছে

কখনো বা গোলাবাড়ির জামরুলে

করলে চুরি ফেলবে ঘিরে ভীমরুলে ?

বাতাবি লেবু - লঙ্কা মাখা বিকেল বেলা

ফিরবে কি আর সেই সেদিনের কিশোর বেলা !

মনের মাঝে দিচ্ছে উঁকি হরেকরকম

রঙ বেরঙের পায়রাগুলোর বকবকম !

কে জানে ভাই কুলগাছটা আছে কি না ?

## না বলা কথারা

পুকুর - পাড়ে ঘোষ বাড়ি-টা ওর ঠিকানা

স্কুলের টিফিন - ঘণ্টা বাজার মাঝখানে

এক ছুটে যাই আইসক্রীমের বাক্স পানে ......

আর কি বল খেলতে পাবো স্কুলের মাঠে ?

জিনিস পত্রের বিকিকিনি চলে হাটে ....

ওয়ান টাচের ফুটবল খেলা এখনো কি আছে ?

আমরা কেবল হারিয়ে গেছি নিজ নিজ কাজে

ভর দুপুরের কোকিল ডাকের মিষ্টি সুর

মন পড়ে রয় তিস্তা পারের বহু দূর .......

মাঝি কেমন গান ধরে ওই ভেঙে ঢেউ

মৈশাল বন্ধু-র গান শোনায় না আর কেউ !

আজও যেমন দেখছি আমি রাতের তারা

প্রাণের মাঝে ভেসে আসে দো - তারা ....

আগেও তো দেখেছিলেম জোছন রাতে

ইচ্ছে করে উঠি জেগে নদীর সাথে ! !

# কৃষ্ণ কলি

আজও তুমি পরো কাজল
তোমার দুটো চোখে ?
চোখে কেউ হারায় কখনো
দেখে অপলকে ?
ধন্য হলো কাজল তোমার
চোখের ছোঁয়া লেগে !
চোখের কথা ভেবে ভেবে
রাত কেটে যায় জেগে !
কাজল রাঙা চোখের ভাষা
বাঁশির সুরে জাগায় আশা
মরণ তোমার হতোই রাধা
যদি তুমি পরতে বাঁধা !

# দ্যূতক্রীড়া

ঠিকই ধরেছেন ।

হ্যাঁ । আপনাকেই বলছি ।

তবে শুনুন । দ্যূতক্রীড়ার মুখোমুখি আপনি ।

অনেকটা ডিজিটাল লুডো খেলার মতোই ! রাষ্ট্র পেতেছে পাশার ছক । অলক্ষ্যে !

তিনটি হাতির দাঁতের কাঠি হাতে নিয়ে ছক্কা ফেলে হলুদ দাঁতে শুকনো খড় চিবিয়ে মুচকি মুচকি হাসছে শকুনি মামা !

খেলেছেন , কি হেরেছেন !

মাইরি ! আর ওদিকে মাইল ফলকের দিকে না তাকিয়ে খিদে খুঁজে বেড়াচ্ছে আপনার নিজের দেশ ।

একসময় রাতের ঘুম ঘেঁটে ঘ হয়েছিল যে বাপঠাকুর্দার নাগরিক জীবন পঞ্জি , তাও এখন বিশ বাঁও জলে !

অদৃশ্য শত্রুর মোকাবিলায় চোরাস্রোতের তলানিতে । রাষ্ট্র এখন ভীষণ ব্যস্ত ।

পাশার ছকের নানান ঘর নিয়ে ....... খেতে পাবার ঘর , না খেতে পাবার ঘর , কাজ হারাবার ঘর , কাজে বহাল রাখবার ঘর , বাড়িতে থাকবার ঘর আর .......

সতর্ক বাণী বোঝানোয় আংশিক ব্যর্থ হয়ে শেষ সমাধিস্থল খুঁজে বের করবার ঘর নিয়েও বিব্রত লকডাউন ।

এখন কোন্ বোর্ডে ঘুঁটি ফেলে মগজ ধোলাই খেলাটিকে এগিয়ে নিয়ে যাবে পরবর্তী ভোটের রঙ্গমঞ্চ অবধি .......তা ভেবেই কিছুটা রিহার্সাল করে নিলো যুযুধান দু- পক্ষই

বুঝেও হাতে হজমি গোলা নিয়ে আপনি মুখে কুলুপ !

রকেট গতিতে দ্রব্যমূল্য বাড়ছে দেখেও , আপনার খিদে চেপে যাওয়াটাই অপেক্ষাকৃত শ্রেয় ।

বলেছেন , কি ফেঁসেছেন ! এমনকি চলে যেতে হতে পারে কোয়েরান্টাইনেও !

এদিকে শুধু একক দ্রৌপদী - ই নয় সমস্ত রাষ্ট্রেরই পরণের বস্ত্র
আলগা হয়ে পড়ে যাচ্ছে দেখেও , চাটুকার নির্বিকার ।

বরং আপনি কালো চশমা - চোখে থাকুন । আর শিউরে উঠুন ,
শুধু এই খেলাটির পরিণতির কথা ভেবে !

না হয় , মনে মনে জপ করুন "ওঁ ত্র্যম্বকং যজামহে সুগন্ধিং
পুষ্টিবর্ধনম । উর্বারুকমিববন্ধনান্ মৃত্যোর্মুক্ষীয় মামৃতাম"।

# শীতশেষে

শেষ শীতের সম্বল বলতে গুটিকয়েক পোষাক আর দেশী কুকুরটা ।

ফুরিয়ে আসা কতকিছুই আমাদের চোখ ফাঁকি দিয়ে যায় !

যেমন পুরনো ক্লাসঘর, আসবাব, যখন তখন চাকা ঘোরানো ফোনকল আর একসাথে সারাজীবন কাটিয়ে দেওয়ার প্রতিশ্রুতি ।

তবু অভ্যাসমতো প্রতি শীতে নিয়ম করে রোদে বসা আর সন্ধ্যায় আগুনে হাত সেঁকা !

যতটা পারা যায় গায়ে মেখে নেওয়া ।

আর যে বছর শীত কাতুরে মা-কে আগুনের চুল্লি ডেকে নিয়ে গেলো, বুঝতেই পারি নি পরন্ত রোদের মতো মানুষ ও ফুরিয়ে যায়!

বুঝলাম, পরের শীতের গভীর রাতে !

একদিকে রোদে সেঁকা কাঁথা আর অন্যদিকে কথার পৃষ্ঠে কথামালা গাঁথা !

তাই মরশুমি শীতে সবটুকু সঞ্চয় আগলে রাখার ইচ্ছে হয় ।

মনের স্মৃতিকণায় ভিড় করে তোমার কথা " মানুষ হারায় .... ফুরায় না !"

অথচ দেখো কেমন করে হারিয়ে গেলে তুমি, আর ফুরিয়ে আমি!

তাই যখন থেকে উত্তুরে শীতের হাওয়ার দাপট বাড়ে তখনই বের করে ফেলি শীতের সম্বল পোষাক আর রাত গভীর হওয়ার আগেই পরিয়ে রাখি কুকুরটাকে ।

কেন বল তো ?

ফুরিয়ে যাওয়ার আগে পুড়িয়ে দেওয়া আরো বেশী যন্ত্রণার !

# ভাগশেষ

রাত-ও ভাগ হতে হতে প্রায় নিঃস্ব । বুক - ভরা ভালোবাসা নয়, ভয় !

ভাজক তোমার ঘাতক বাক্যালাপ । আর ভাজ্য তো কোমল হৃদয় ।

নাড়ির টানে দোষ ছিল না । শিরায় শিরায় মিশ ছিলো ।

মরার আগে বুঝলে না, ইস্ ! বুক - মাঝারেই বিষ ছিলো ।

আজ বইছে শ্বাস । কাল হয়তো বা লাশ !

ভালোবাসা তবু রয়ে যাবে । এ আমার দৃঢ় বিশ্বাস ।

# মরশুমি

বুঝি একটু বেশী ঘুমিয়ে পড়ার মরশুম মানে শীত ?

ছুঁই ছুঁই হিমাঙ্কে জাগরী যেখানে জুঁই ফুলের ফুৎকার, আমার টলমলানি পদদলন, ঠিক সেখানেই তোমার মহানগরীকে 'মলিন কৌতুক' অপেক্ষা 'ডার্টি জোকস্' বলাই সঙ্গত । বৈশাখী সংবেদন নিয়ে র‍্যাম্পের শোভন চাতকের কাতর চাহনি কুচকাওয়াজে ঢেলে দিলে কেমন ফোয়ারার প্লাবন ঘটে ! রক্তিম সুরভিত পানপাত্র হাতে রেডমিটে নিষিদ্ধ সংলাপে বাঙালির মনে হতে পারে ডিমও

একপ্রকার ফল বটে ! জিরোকালের যৌবনদীপ্ত রঙ্গনের আঙিনায় কত আর কফির অমৃতসুধা ! এরপরেই হবে জমজমাট খেলা । তুমি হারবে । আমি জিতবো । রহস্যের সন্ধান দিয়েছে কোচ । তবে কি আবার সূর্যকিরণ দেখা দেবে ? বরফ - চাপা গাড়ীতে আসন্ন সৎকারের অপেক্ষায় জিরিয়ে নিচ্ছে সময় । নিজেকে নিজে চিমটি কেটেছো কখনো ? ইংরেজি নতুন বছরে ক্যান্ডি আওয়ার । তাই পছন্দের চকোলেট তোমাকেই নিতে হবে । কেননা, তুমি তো অমৃতের সন্তান ।

## উদযাপন

মনের দরজা খোলা । সদর দরজায় তালা । ছেলেমেয়ের স্কুলের তালা খুলে যাবে জেনে আলেয়া-কে আলো ভেবে সংসারের ঘানি টানতে টানতে ক্লান্ত বেলা বোসেরও হৃৎ - স্পন্দনের গতি হঠাৎ বেড়ে যায় ।

মনের দরজা খোলা । সদর দরজায় তালা । অবিমিশ্র ভয় - ভক্তিতে যাই হোক কেটে যাওয়া পরপর পুজোর দিনগুলিরও ছন্দপতন ঘটে যখন রাতের আঁধারে কোনো বাড়ির থেকে চাঁপা আর্তনাদ আজও বাতাসে ভেসে আসে ।

মনের দরজা খোলা । সদর দরজায় তালা । চিরদিনের তরে রেখে তারাদের দেশে চলে যাওয়া দেওয়ালে টাঙানো প্রতিকৃতির

পানে চাইতেই মনে পড়ে মামাদের ভাইফোঁটার সময়কার মায়ের হাসিমুখ ।

মনের দরজা খোলা । সদর দরজায় তালা । ঘুমের মধ্যেও কে যেন মনে করে দেয় “তোর বাবা গতরাতে প্রচণ্ড বাতের ব্যথায় একটুও ঘুমোতে পারে নি । তোর কাছে নিয়ে রাখ । একটু খেয়াল রাখিস ।”

মনের দরজা খোলা । সদর দরজায় তালা । জিনিসপত্রের দাম বাড়ছে । আর মানুষের দাম কমছে । পাল্লা দিয়ে । মাঝে মাঝেই শোনা যাচ্ছে দু'টাকা কিলো দরে মানুষের মন বিকিকিনি হচ্ছে । বিশ্বাস না হলে রাজনীতি করা যে কারো কাছেই সত্যতা যাচাই করে দেখে নেওয়া যেতে পারে ।

মনের দরজা খোলা । সদর দরজায় তালা । নিদাঘের গরম পেরিয়ে ঘন মেঘের বর্ষা । যাব না , যাব না করেও যখন ঋতু রাণী শরতে সবাই মোহাবিষ্ট , চুপটি সারে বর্ষা কখন যে কেটে পড়ে কেউই বুঝতে পারে না । আবার এদিকে শীতল বাতাসের বার্তা জানান দিচ্ছে একটু অলসতা , একটু বেশি খাওয়ার আর ঘুমে হারিয়ে যাওয়ার ।

মনের দরজা খোলা । সদর দরজায় তালা । ছট পূজো কাটতে না কাটতেই শুরু হয়ে চলেও গেল জগদ্ধাত্রী পূজো । তাহলে কি অক্সিজেনের অভাব মিটে গিয়েছে ? তবে চলো উদযাপন করি - সদর দরজার তালা খুলে দিয়ে ।

# ছাতা

আমার ছাতা জীর্ণশীর্ণ হলেও হারাতে ভীষণ ভয় হয় । ছাতার শিক বেঁকে গেলেও অথবা ছাতার সেলাই খুলে গেলেও বরাবরের মতো আমি আগলে রাখতে চাই । কবি বলেছিলেন যে ছাতা দিয়ে যেমন শ্বাপদ জন্তুর আক্রমণ থেকে মোকাবিলা করা সম্ভব তেমনই সুদখোর মহাজন থেকেও আড়াল হওয়া অসম্ভব নয় । তবু যতই চেষ্টা করি না কেন ছাতা আমার হারায় । এই হারানোর বেদনা আমি কিছুতেই ভুলতে পারি না । আচ্ছা বলুন তো, যে ছাতা নয় মাস দশ দিন আমাকে আগলে রাখলো রোদ - বৃষ্টি - ঝড় - ঝঞ্ঝা থেকে আর তারপরেও যার ছায়ায় নিশ্চিত যাপন করতাম হঠাৎ তা হারিয়ে গেলো ! মাঝে মাঝে আমার কেন জানি না মনে হয় আমার সব ছাতাই একদিন হারিয়ে যাবে ! অনেক দূরে । আর কোনো ছায়াই রইবে না । রোদে জ্বলেপুড়ে মরে যাবো । না হলে বর্ষায় ভীষণ ভিজে জ্বরে কাহিল হবো । তবু এবারকার বর্ষা অবধি অন্তত:পক্ষে বেঁচে আছি ।

ছোটোবেলায় দেখেছিলাম এক ফকির । যার মাথায় থাকতো একটি বড়ো কাঠের বাটওয়ালা ছাতা । তার ছাতার কাপড় ছিল বিচিত্রবর্ণের । আমার বাবা বলতেন, যখন যে জায়গায় ছিঁড়ে যেতো যেকোনো কাপড় তাতে সেলাই করে সে লাগিয়ে নিতো । একসময় দেখা গেলো তাতে আসল কাপড়ের একটি টুকরোও নেই । অনেকটা প্রায় আমাদের জীবনের মতোই !

আবার আমার মাতামহকেও দেখতাম একটি বড়ো কালো ছাতা নিয়ে ঘুরতে । পেশায় চিকিৎসক ছিলেন । কাঁধে ঝোলান থলে থাকতো আর তাতে প্রয়োজনীয় ওষুধপত্রের সাথে একটি স্টেথোস্কপ্ ছিলো । কানের দুদিকে লাগিয়ে যখন বুকের মাঝে এনে টেনে টেনে শ্বাস নেওয়ার পরীক্ষা করতো তখনকার লোকেরা সাক্ষাৎ ধন্বন্তরী মনে করতেন । দূর থেকে ছাতা মাথায় দেখতে পেলেই তাঁকে জলভরা মেঘের মতোই মনে করতো সকলে ।

পিতামহকেও দেখেছিলাম জীর্ণ ছাতা অবলম্বন করে সোজা হয়ে এক ঘর থেকে অন্য ঘরে যেতে । যদিও আমি ছোটো ছিলাম এটা জেনেছি যে কেউ আমাকে অযত্ন করলেই ছাতার অর্ধ-চন্দ্রাকার বাটটি দিয়ে তার উপযুক্ত বিধান দিয়ে দিতো । ছাতা যতই জীর্ণ হোক না কেন বা তার শিক বেঁকে যাক না কেন তার মায়াও আনুপাতিক হারে ততটাই বেড়ে গিয়েছিলো ।

ছাতা সাড়াই করবার লোক বাড়িতে এলেই প্রথমে কুঁজোর ঠান্ডা জল পরে গরম চা যোগে আপ্যায়ন করা হতো । তার ঝুলিতে থাকতো ভরতি ছায়া - সাথে লোহার শিক সহ বিভিন্ন রকমারি যন্ত্রপাতি আর ছুঁচ - সুতো । তা দিয়ে খুবই নিপুণভাবে ছাতা সাড়াই করে দিত । সঙ্গে চলতো ওপার বাংলার নানান কাহিনী বর্ণন । ছাতা সেলাইটুকুই তাঁর জীবিকা ছিলো বটে কিন্তু তার সাথে সাথে দু-পাড়ের বাংলার মাটি - আকাশ - বাতাসও সেলাই করে দিতে ভুলতো না ।

এখন মনে হয় এই ছায়া ছিলো বলে এতদিন বেঁচে আছি । যেদিন বড়ো মহীরুহের পতন হল, কত ছায়া সরে গেলো । চারিদিকে শুধুই তার স্পর্শ লেগে রইলো । আর তার সাথে বুক ফাটা হাহাকার । তার হাতে লাগানো গাছটি থেকে গড়া জলপাই - এর আচার যখন জিভে পড়ে তার শূন্যতা তখন চেখে দেখি । তারা আমায় ছায়াময় পৃথিবীর কথা শোনায় । শীতল বনস্পতির ছায়া আর চৌধুরি বাড়ির অনুষ্ঠান উপলক্ষ্যে টাঙানো ছায়ার তফাৎ বুঝতে শেখায় । দল বেঁধে উড়ে যাওয়া একহারা মেঘ ভেসে আসার ছায়া আর একঝাঁক বুনো হাসের সুদূরে পাড়ির ছায়া জানি না কত কি মনে করিয়ে দেয় ! তখনই আমি লেজে গোঁৎ খাওয়া ভোকাট্টা করা ঘুড়ির মতোই পথ হারাই ছায়াপথে ।

তবু আমি ছেঁড়া সুতোর মতো ছাতা হারিয়ে গেলেও ছায়া আগলে রাখতে চাই । নিবিড়ভাবে ।

# কাঁচা হাতের রান্না

এই যে, দ্যাখ্ সুন্দরী, রান্নার কথা তুললি যখন, তবে শোন্ ।

গোঁসাইনি বলতো, শুধু তেল মশলা বেশি বেশি দিলেই রান্না ভালো হয় না রে পাগলী ! গুণ থাকা চাই ।

গোঁসাইনি কি করে রান্না করে আর কত গল্প বলে তা দেখবে আর শুনবে বলে উনুনে গুল দেবার পর কত ধোঁয়া বের হয় তা বসে বসে সুন্দরী দেখতো ।

কখনো গোঁসাইনি শেখাতো, একটি চোঙের মতো বস্তু রেখে কি করে মাটির উনুনে ঠেসে আগুন ধরাতে হয় । ভারি অদ্ভূত ঠেকতো।

আবার কয়লা দিয়ে উনুন ধরানোর পর কিছুক্ষণ হাতপাখার বাতাস করতে করতে যখন সাদা সাদা ধোঁয়া বেরোতো, সুন্দরী তখন মেঘেদের দেশে বিচরণ করতো ।

এমনিতে রান্না করার শখ কোনোদিনই ছিলো না সুন্দরীর । কিন্তু ওই যে একদিন ছোটো পর্দায় যখন দেখলো যে নায়িকা রান্না করে খাবারের প্লেট নায়ককে পৌঁছে দিতেই নায়ক তাতে এক কামড় বসিয়েই নায়িকার তারিফ শুরু করলো তারপর থেকেই সে রান্না শেখার ক্রমাগত চেষ্টা চালাতে লাগলো ।

আরো একবার দেখলো তন্দুর চা খেতে খেতে যেই না নায়িকার দিকে তাকিয়েছে অমনি দুধের মতো ফটফটে সাদা পাঞ্জাবিতে চা পড়ে যেতেই নায়িকা অমনি এসে আঁচল দিয়ে মুছিয়ে দিলো ।

তারপর থেকে প্রায়শই ঘুমের মধ্যে নায়ক চলে আসে সুন্দরীর। আর রান্না করতে গেলে আঙুলে লাগে গরম ছ্যাঁকা ।

আবার কোনোদিন দেখতো নায়িকা ব্যালকনির দোলনায় দোল খেতে খেতে নায়ক এসে হাজির । তখুনি তৈরি করে রাখা সরবতে

কিছুটা কুচি বরফ মিশিয়ে আর ওপরে সামান্য ভাজা মশলা ছিটিয়ে দিয়ে দুজনে একসাথে দোলনায় বসে সরবত উপভোগ করলো ।

এসব দেখে দেখে সুন্দরী একদিন ইস্কুলে গিয়ে কর্মশিক্ষার দিদিমণিকে বললো ক্লাসে রকমারি রান্না শেখাতে । শুনে দিদিমণি তো তক্ষুণি চটে লাল ।

আর তারপর থেকে যখনি স্কুলের ক্লাস বন্ধ থাকে, চলে আসে পাশের বাড়ির গোঁসাইনির কাছে।

গোঁসাইনি শেখায় কিভাবে শাকসবজি কাটতে হয় । শিল নোড়ায় মশলা পিষতে হয় । ফোঁড়ন কিভাবে দিতে হয় । আরো নানারকম খুঁটিনাটি ।

কিন্তু পোড়া কপাল । খুন্তি নাড়ানো কিছুতেই আসে না সুন্দরীর।

খুন্তি ধরতেই চোখের সামনে চলে আসে নায়ক । পকোড়া মুখে তুলতেই নায়িকা খোলা চুলে নায়কের সামনে চলে আসে । একটা পকোড়া নায়িকার মুখে গুঁজে দেয় । আর গোঁসাইনি ওর চুলের মুঠি ঝাঁকিয়ে বলে ওরে তোর হাত নড়ে না রে সুন্দরী । এত সুন্দর নবরত্নের তরকারিটা তুই পুড়িয়ে ফেললি ?

সেই থেকে সুন্দরী বুঝে নিয়েছে যত চেষ্টাই করুক না কেন, কপাল তার পোড়া !

তবু আর একবারই সে চেষ্টা করেছে তার প্রিয় খাবার “দই ফুচকা”। আর ভাবছে তার স্বপ্নের নায়কের পছন্দসই হবে কিনা !

## প্ল্যাটফর্ম

ভাইয়া,

শুধু এটুকুই মনে পড়ে যে, অনিকেতের প্রাক্তন বান্ধবী অন্তরা একদিন তথাগতের আঙুল স্পর্শ করে বলেছিল, এই লোকাল ট্রেনটা ছেড়ে দে। পরের এক্সপ্রেসে চল ।

অনিকেত জীবনে কখনো ট্রেন কেন, স্কুলের প্রার্থনাও মিস করে নি, ভাইয়া !

সেই দশ ক্লাসের গণ্ডী অতিক্রম করে কবে যে অনিকেত লোকাল ট্রেনের সওয়ারি হয়ে বয়েস - স্পেশাল কামরায় আটকা পড়লো আর সহ- সওয়ারিদের ভিড়ে মিশে গেল ।

তার ঠিক দু- বছর পরে যখন একটু একটু করে চোখ ফুটতে শুরু করলো, মনে আছে ভাইয়া, তোমাদের সাথে আলাপ পরিচয় হল । গাঁ - গেরামের ধুলো ঝেড়ে নগর সভ্যতার সাথে খাপ খাওয়া অনিকেতের প্রথম দর্শনেই অন্তরার সাথে ভাব জমলো । কলেজের গোল্ডি-দি কে সিল্কি চুলে যেন মনে হতো বার্বি ডল, রাজেশ কে গব্বর সিং আর বিক্রম কে সুপারম্যান । মঞ্চে তখনো তথাগতের আবির্ভাব হয় নি ।

২৫-শে ডিসেম্বর । সাল ১৯৯১ । রাষ্ট্রপতির পদ থেকে মিখাইল গোর্বাচেভের পদত্যাগপত্রের সাথে যবনিকা পড়লো সোভিয়েত ইউনিয়নের । বরিস ইয়েলৎসিনের শপথের সাথে প্রতিষ্ঠা হল রাশিয়ান তেরঙার । আর এদিকে ট্যুইশনে ব্যানার্জি স্যার সেদিনের শেষ ব্যাচ মিনিট দশেক আগেই শেষ করে দিলেন । ঠিক এই দশ মিনিটের মধ্যেই টাউন স্টেশনের দার্জিলিং মেলের শেষ তিন নম্বর বগির কামড়ায় তথাগত আর অন্তরা ।

এ দৌড় যেন শেষ হয় নি । আজো দৌড়োচ্ছে । সাথে আমরাও ছুটছি, ভাইয়া । ছুটছি তো ছুটছি । ছুটে ছুটে মরছি । আর এই ছুটতে ছুটতে চোয়ালের জোর কমে গেছে ! কিন্তু ছোটার শেষ হয় নি এখনো ।

তারপরে কত মহানন্দার জল বয়ে গেল তিস্তার ওপরে । তার হিসেব রাখি নি ।

কত বাতাস বইলো প্রাণে । আঘাত লাগলো কত !

আজও খোলা বুকের ওপরে বনলতা সেনের ‘সুচেতনা’ রেখে চোখ বন্ধ করলে কখন যেন দারুচিনি বনে পথ হারাই । তন্দ্রা এসে যায় । তবু মনে হয় যেন নির্জন অরণ্যের মাঝেই স্নিগ্ধতা আছে ।

ভাইয়া, আমি তোমার তুতো - সম্পর্কের জুনিয়র । তাই তোমাকে সব কথাই খুলে বলা যায়।

জানো, আমি রোবট । সঞ্চিত শক্তির বহিঃপ্রকাশ আমাতেই । চার্জ খাই । পাঁই পাঁই করে ঘুরি । কাজ করি । গরম হই । তাই বিশ্রাম পাই । অব্যবহৃত রাত কাটিয়ে আবার রোজনামচা ।

আমার স্বপ্নে শুধুই ফানুস ভাসে আকাশে। অতীত নয় । বর্তমান নয় । ভবিষ্যৎ তো নয়-ই ! শুধু ফানুস আর ফানুস । আর ইঞ্জিনের আওয়াজ । সমান্তরাল একজোড়া রেললাইন । একসাথে যায় শেষ অবধি । কিন্তু মেলে না । কোনোদিনই ।

অনিকেত কি বলতে পেরেছিলো অন্তরাকে - এ মানবজীবন প্ল্যাটফর্মের জন্যে নয় ? আগেও ছিলো না ।

এখনো না । পরেও না ।

শুধু এক আবেশে চোখ বুজে দেখা গেল কিছু ছেলেমেয়েরা স্বাধীনতা দিবসে প্রাণখোলা উচ্ছাস সহ পতাকা নিয়ে দৌড়চ্ছে ....

আর তথাগতের দু- চোখ আটকে স্টেশন "হৃদয় সরোবর" পেরিয়ে পরবর্তী গন্তব্যস্থলের স্টেশন "দিকশূন্যপুর"-এ ।

প্ল্যাটফর্ম বাঁ দিকে ....

# ক্ষমা প্রার্থনা

আমায় ক্ষমা করবেন । কারণ আমি কথার যাদু জানি না । আর জানি না বলেই আজ আমার ভাগ্যরেখা মুছে গেছে হাতের তালু থেকে ।

কথার জাদু জানি না বলে কথার পৃষ্ঠে কথা চাপাতে পারি না । আর পারি না বলেই আজ মহারাজা বিক্রমাদিত্যের সভার মহাকবি কালিদাসের মতো নবরত্নের এক রত্ন হয়ে উঠতে পারি নি ।

কথার জাদু জানি না বলেই আমাকে সবজি কিংবা মাছওয়ালাদের তুলাযন্ত্রের ওজনে সামঞ্জস্য আনার ছলে হাতের সামনে রাখা বাতিলযোগ্য বস্তুটি সুকৌশলে চাপিয়ে দিতে হাত কাঁপে না ।

কথার জাদু জানি না, তাই শীত-বোঝাই যাত্রী পারাপার করার নৌকোর মাঝি আর আমার জন্যে অপেক্ষা করে না ।

কথার জাদু জানি না জেনে মহাভারতে উল্লিখিত মাতাল করা আত্রেয়ী নদী শান্ত হতে হতে আজ শুকিয়ে অকৃতদার ছেলেটির মতোই দেখতে ।

কথার জাদু জানি না তাই সামান্য ঝড়ঝঞ্ঝাকেই আমফান, আইলা বা সুনামি বলে মনে হয় ।

কথার জাদু জানি না বলে এক দুঁজে কে লিয়ে থাকা যুগলবন্দি সিঁদুর মুছে অনায়াসে উড়ে চলে যেতে পারে সাত সমুদ্রের পারে ।

কথার জাদু জানি না, সেইজন্য আজ পর্যন্ত আমার কোনো একক পুস্তক এমনকি নিদেনপক্ষে কোনো চটি পুস্তিকাও প্রকাশিত হয় নি ।

কথার জাদু জানি না, স্বাভাবিকভাবে কোনো আলোড়ন ফেলে দেওয়ার মতো বক্তৃতাসভা না হলেও কোনো লোকদেখানো কর্মসূচিতেও আমায় ডাকা হয় না ।

কথার জাদু জানি না দেখে কেউ আমায় জন্মদিনে অথবা আগাম মৃত্যুদিন আঁচ করে একটিও উপহার পাঠায় নি আজ পর্যন্ত !

কথার জাদু জানি না, তবু আমার মায়ের অদৃশ্য হাত আজও আগলে রাখে যাতে আমার রাতের ঘুমটুকু যেন কোনোভাবেই ভেঙে না যায় ! প্লিজ আমায় ক্ষমা করবেন ।

# উল্টোরথে

ফি বছর রথের মেলায় যাঁরা দোকান দিত, এমন দোকানীরা উল্টোরথের পরে স্বপ্ন দেখতো যে পরের বারের রথে তাঁদের দোকানের আমূল পরিবর্তন করে ফেলবেন । যেমন পাঁপড় ভাজার বদলে পাঁচতারা রেস্তোরাঁ । জিলিপির বদলে ওকালতি । মাটির হাঁড়িকুড়ির বদলে রিমোটের খেলনা । চিনি কলার বদলে ঝাঁ চকচকে লটারির দোকান । এইরকম আরো অনেক কিছু । কেউ কেউ আবার পরিচিত লোকের কাছে স্বপ্ন ফেরি করতো । কেউ

শুনতো । কেউ বা না । কেউ হাসিঠাট্টা করতো । কেউ আবার অধৈর্য হয়ে যেতো । কিন্তু তাদের কেউই বাড়ি পৌঁছে আর মনে রাখতো না ঐ দোকানদারের স্বপ্নের কথা । অন্তত গত রথের আগের রথ অবধিও তাঁদের স্বপ্ন ছিল ! এই বদলে যাবার স্বপ্ন কি সকলে আমরা কমবেশী দেখি না ? একেক জন একেক ভাবে । কেউ শারীরিক, কেউ মানসিক আবার কেউ বা আর্থিকভাবে । সত্যি সত্যি স্বপ্ন ফেরি করা দোকানদারদের মধ্যে কারও দোকান বদলে যায় । বাইরে ফ্লুরোসেন্ট নিওন বাতির সাইনবোর্ড আর ভেতরে বাতানুকূলতা । আবার কাউকে কিছু না বলে কেউ কেউ দোকান বন্ধ করে চলে যায় না-ফেরার দেশে । রথের দড়ি টানবে বলে যারা এসেছিলো তারাও তাদের পরিচিত দোকান বন্ধ দেখে অন্য দোকানের পথে পা বাড়ায় । বাইরের আকাশে কি তখন বৃষ্টি ঝরে ছিল দু- এক পশলা ?

## রাত বাড়লেই

অন্ধকার থেকে আলোর অভিমুখে পৌঁছে দেওয়ার পরেও তার ছেলেমেয়েদের শরীরের ওম দিয়ে ঢেকে রাখতে চায় মায়েরা । এমনটাই আমি শিখেছি পাখিদের মায়ের থেকে ।

তেমনি সকল মায়েদেরই শখ থাকতে নেই । আহ্লাদ থাকতে নেই । থাকতে নেই কোনো নিজের ইচ্ছেও । সকল শখ, আহ্লাদ বা ইচ্ছে-টুকু ভোগ করার অধিকার শুধু তাঁর সন্তানদের !

কালের নিয়মে এক বিছানায় শুয়ে থাকার অভ্যাসের যখন পরিবর্তন ঘটে, আর আমরাও একটু একটু করে এগিয়ে যেতে থাকি আমাদের গন্তব্যস্থলের পথে !

আপ্রাণ চেষ্টা করেও ব্যর্থ আমি । একটা প্রাণ রক্ষা করতে ! তাই যখন একলা অন্ধকারে মা'র অসহায় মুখের খোঁজে তাকাই .......

আকাশে কোথাও কোনো মেঘ নেই, তবুও রাত বাড়তে থাকে আর কোথায় যেন জল পড়ার টুপটাপ আর লোহার চুড়ির টুংটাং শব্দ আজও শুনতে পাই .......

# মহামারী সম্বন্ধীয়

আমরা কি শীততাপ-নিয়ন্ত্রিত প্রদর্শনাগার থেকে বেরোনো কাঠের তৈরি আসবাবের ভেতরে লুকোনো পচনশীল সভ্যতার ঘুণপোকার মতো বেঁচে আছি ? আমাদের শিক্ষায়তনের একদা উর্বর পলিমাটিতে নিঃশব্দে মিশে গিয়েছে মন্থর গতিতে প্রয়োগ করা উচ্চাকাঙ্ক্ষার মারণ বিষ । তাই শিক্ষাচর্চার সে মাটিতে ফলন হয় না । অবশ্য আমরা ফলাতেও চাই না । আফসোসও নেই । শুধুই শিক্ষায়তনের পদমর্যাদার অংশীদার হতে চেয়েছি । এতে আমরা জঞ্জালস্তূপের সিঁড়ি বেয়ে বেয়ে পৌঁছে যেতে চেয়েছি অধিকতর দুর্গন্ধময় শৌচাগারের ঝাঁ চকচকে কক্ষে । সেই সিঁড়ির আরোহণযোগ্য পথটি তৈলময় । তৈলসঞ্চারের আধিক্যে সে পথ

পিচ্ছিল হলেও মসৃণময় । বলা বাহুল্য অতি দক্ষতাপূর্ণ ভাবে ক্ষিপ্রগতিতে আমাদের সে পথ বহু ব্যবহৃত হয়েছে । মজ্জারস সমৃদ্ধ মেরুদণ্ড এতে অব্যবহৃত হয়ে ধীরে ধীরে লুপ্তপ্রায় । একটি ছোটো উদাহরণস্বরূপ মনে করা যেতে পারে তেল মাখানো বাঁশে বাঁদরের তিন পা উঠে চার পা নামার পাটিগণিতের অঙ্ক । ল্যাজবিহীন বাঁদরের মতোই আমরা আনুপাতিক হারে উঠছি আর নামছি । নেমেছি বলেই উঠেছি । উঠেছি তাই আবার নামছি । কবেই ভুলে গিয়েছি আমাদের রূপকথার গল্পের ঠাকুরমার ঝুলি । মাটির খেলনাবাটি । সন্ধ্যাকালীন পাখিদের ঘরে ফেরা । আগুনঝরা সোনালি বিকেলের স্বপ্ন- রঙিন “আগামী” । আছে শুধু ইঁদুর দৌড়ে সামিলের প্রতিযোগিতা । কৌশলে একশো শতাংশ নম্বর প্রাপ্তির বিপ্লব । বৃষ্টিতে কাগজের নৌকো ভাসানোয় ‘না’ । বই পড়ার ফাঁকে লুকিয়ে গল্প উপন্যাস পড়ার ইচ্ছে বা সময় নেই । আছে আমাদের প্রোফাইলে চটজলদি স্ট্যাটাস পরিবর্তনের প্রতিযোগিতা । আড়চোখে এড়িয়ে যাবার দক্ষতা । আঁধারের জোনাকি দেখলেও কি এখন আর রোমাঞ্চ লাগে ? ভাঙা খবরের ঝলকানিতে জানতে পারি আমাদের প্রতিবেশীর বাড়িতে আগুন লাগার খবর ! অপরের দুঃখে আমাদের সহমর্মিতা তলানিতে । অথচ যোগ্যতা না থাকলেও সুচতুরভাবে সরকারি চাকরি হাতানোর ভেলকি । আমরা কি অকালবোধনের আনন্দে সামিল হই ? শিউলিফুল কুড়নোতে ? সমবেতসুরে গান গেয়ে ? পাখির কলকাকলিতে ? আমরা কি জবাব চাই ? পাই কি ? ভীষণভাবে ব্যস্ত আমরা । কারণ আমাদের সভা আছে । সেমিনার আছে । অপার্থিব মিডিয়ার দৌলতে প্রকাশনা

আর সেলফির লোভ আছে । আমাদের হাত কি প্রতিবাদের ? না সমর্থনের ? নাকি অনুচিত সুবিধাভোগের জন্যে ? তাই কি আমাদের হাতের মুঠি আলগা ? যাতে করে আমরা শুধুই হাত কচলাই । আর অপূর্ণ আনন্দ লাভের প্রয়াস করি । শিক্ষানীতির বর্তমান পরিহাসসূচক নীতিবোধের শিকার কি আজকের এই প্রজন্ম?

সত্যই কি আমরা মহামারীর শিকার ?

# বসন্তকালীন

আজও তবু কোকিল কুহু কুহু করে ডেকে উঠলো । মরণ ! তবে কি বসন্ত চলে এলো ? কুহু কুহু ডাক কানে এলে যেই না আস্তে করে কুহু রবে ডাক পাড়ি, অমনি দ্বিগুণ জোরে কোকিলটি ডেকে উঠে । মনটা কেমন যেন উদাস হয়ে যায় । কোথায় যেন হারিয়ে যাওয়ার আবেশ চলে আসে ! আমগাছের মুকুল বা রঙিন কচুরিপানার ফুল চোখের সামনে ভেসে উঠে ! তবে এসো পালন করি - আজ বসন্ত ।

সকল কাজ ফেলে আজ বেড়িয়ে পড়বো হলুদ সর্ষে ক্ষেতে । ওদিকে তোমার শাড়ির আঁচল লুটোপুটি খাবে আর এদিকে আমি ছিপ গেঁথে তুলে নেবো খলসে মাছের মতো ভালোবাসা । না হয় বঁড়শির ফাতনা যখন একটু একটু করে ডুবো ডুবো হবে, তখনই এক হ্যাঁচকা টানে তুলে নেবো লাজে রাঙা লজ্জাবতী ।

আচ্ছা, এত পাখি একসঙ্গে কেন ডেকে উঠে ? তারাও কি বসন্ত-কে স্বাগত জানায় ? নাম না জানা রঙিন পাখির কলরবে সামিল হওয়া সঙ্গিনী পাখিরাও কি তাদের খুঁজে নেয় ? তাই কি তারা ডানা ঝাপটায় ? অল্প একটু জলে বা গাছের ডালে ? তাই কি আজ বসন্ত ?

ইচ্ছে হয়, আজ জেনে নিই পাখির ভাষা । দিগন্তে তাদের গান। কেন এত কলরব ? চলো যুদ্ধে যাবার আগেই প্রতিপক্ষকে দিয়ে দিই রাঙা গোলাপ । তুমিও কি যুদ্ধে যাবার জন্যে তৈরি ? কাউকে না বলে চলে এসো আমার ছাদে - চাঁদ দেখবে বলে ! অনন্ত বড়ু চন্ডীদাসের কবিতা যতটা রোমান্টিক - তুমি ও ! ফাঁকি দিয়ে চলে এসো । কি জানি কি জরুরি কথা ! সত্বর ফিরে আসবে - বলে, একবার এসো চলে ! চাঁদের শরীর থেকে জ্যোৎস্না খুলে তোমার অঙ্গে সাজাবো । তখন আমি কাকে দেখবো ? তোমাকে না নক্ষত্রকে ?

যখন দূরে পাহাড়িয়া বাঁশি বাজবে, তখন গভীর গিরি খাদে সশব্দে ঝাঁপিয়ে পড়বে উত্তরের ছাঙেই জলপ্রপাত । আজ চারদিক ঘিরে ভালোবাসার উন্মোচন । পলাশের কুঁড়ি ঘিরে মৌমাছির গুনগুন । কোকিলের কুহু তান । আপন বেগে নদীর কোথায় হারিয়ে যাওয়া ! তুমিও কি তবে হারাতে আসছো ? এসো কিন্তু ! কারা যেন বলে গেল বাতাসের কানে কানে - বসন্ত এসে গেছে !

# স্পর্শ

মনে আছে ? যেদিন তুমি অনিকেত-কে বলেছিলে “ভালোবাসি, ভালোবাসি” । তোমার হাতে তখন বিদ্যা ছোঁয়া ছিল । অবাক হচ্ছো ! না ? কি রকম ? মনে পড়ে ? তারপরে তুমি জিভ কেটে বললে, “মা কালী , বিদ্যা !” তা তুমি ছুঁয়ে ছিলে । একটা পড়ে থাকা চারমিনার সিগারেটের প্যাকেট ছিঁড়ে হাতের তালু দিয়ে ভালোভাবে পরিষ্কার করে যখন অনিকেত তোমায় দিল, তুমি বললে, “ এই যা ! সরস্বতী পূজোর আগে বনকুল খেয়েছি । ঠাকুর যদি পাপ দেয় !” তারপরে বললে, “ এই বিদ্যা ছুঁয়ে বলছি .....।”

নিকোটিনের গন্ধে ভালোলাগা আছে জানি । কিন্তু যখন তা জ্বলতে শুরু করে ভালোবাসা তখন কোথায় হারিয়ে যায় ! তাই বলে তামাকের প্যাকেট ছুঁয়ে ভালোবাসা ? কুল খেয়ে বিদ্যা ছোঁয়া ? বোধহয় ঠাকুর পাপ-ই দিয়েছিলেন !

ছেলেবেলায় কমবেশী আমরা তাই-ই করতাম । যা বলতাম, প্রায় সবকিছুই “ বিদ্যা ছুঁয়ে .....। ” যেমন, গাছ থেকে কাঁচা মিঠা আম পড়তেই দৌড়ে আম কুড়োতে যেতাম । আবার ধরা পড়লেই, বলতাম “ বল খুঁজতে এসেছি ..... বিদ্যা ছুঁয়ে বলছি । ” আরও কত কিছু ! আঙুলের কড়ে যেন বিদ্যার বহর ! গিজগিজ করছে ! কখনো কত পুরনো ময়লা কাগজের টুকরা । আবার কখনো ঘুড়ির ল্যাজের বেঁচে যাওয়া টুকরো কাগজ । কত যে বিদ্যার স্পর্শ আজও লেগে আছে - কে জানে !

আবার নিঝুম দুপুরে ঢিল দিয়ে টক মিষ্টি কুল পেড়ে চুরি করে খায় নি - এমনটা হয়তো কমই শোনা যেতো । আবার ধরা পড়লে হয়তো বলতেও শুনেছি, “ঝড়ে পড়ে ছিলো । বিদ্যা .....। ”

আজকাল আর পকেটে লুকিয়ে রাখা সেই বনকুলও দেখি না । বা কাঁচা মিঠা আমও না । অথচ বাজারে দেদার বিকোয় সেই প্রজাতির বিবর্তনের ফল । কারণে অকারণে চোখ ছলছল করে ! হুড়মুড়িয়ে ধেয়ে আসে ছেলেবেলা । খানিক ক্ষণ অন্যমনস্ক হয়ে থাকি । হারিয়ে যাই ছেলেবেলায় ! হয়তো একফোঁটা নোনা জল গড়িয়ে মাস্কেই লীন হয়ে যায় ! কানে বাজে ঠিক অনিকেত-কে বিদ্যা ছুঁয়ে বলার মতোই “ভালোবাসি, ভালোবাসি” !

হারিয়ে যেতে থাকি । টুকিটাকি রকমারি ভিড় করা হাজার কাগজের স্পর্শে । কোনোটায় নলেন গুড় । কোনোটায় বা সোনামুগ। আমি চাপা পড়ি যাঁতাকলে । আর আমার বিদ্যা আজও কড়ে আঙুলের ছোঁয়ায় হারিয়ে যায় ছেলেবেলায় । যেমনটি অনিকেতের নিকোটিনের ধোঁয়ায় হারিয়ে যাওয়া ভালোবাসার মতো!

# শ্যুটিং

লাইট । ক্যামেরা । অ্যাকশন্ । কতকগুলি খণ্ড দৃশ্যের শট নিতে নিতে পৌঁছে যাই সেরা পছন্দসই অবয়বের দিকে । সেরা দৃশ্য থেকেও কিছুটা ক্রপ করে সরিয়ে দিই চাঁদের কলঙ্ক । তারপর তোমার মুখাবয়বের চারপাশ দিয়ে দু’ আঙুল চেপে স্বচ্ছতার ছাপ

আনার চেষ্টা করতে করতেই দেখি তুমি নেই সে আর তুমি । তবুও আমি ছেঁটে ফেলি যত দুঃখ - বেদনা - নির্জনতা । আর সুন্দরের এই অনুসন্ধিৎসার সম্পূর্ণ কৃতিত্বের দাবিদার আমার তর্জনী আর বৃদ্ধাঙ্গুষ্ঠ । ভেবেছিলাম কাব্য লিখে মন ভরাট করবো । এখন জুম করে এডিট করতেই দেখি, আরও কিছুটা আকাঙ্ক্ষা প্রোথিত । গভীরে । যশ, যৌবন, খ্যাতি ঠেলে ঠেলে সরিয়ে আমি আঁধারের পথে পা বাড়াই । অন্যের সাফল্যে আমার ঈর্ষা হয় । দ্বেষ হয় । যেখানে মানুষের মুখের আদলে মুখোশ পরে মানুষেরা ঘুরে বেড়াচ্ছে। সুচতুরভাবে ক্রমশঃ এগিয়ে যাই ভন্ডামির দিকে । এগোতে এগোতে একসময় আঙুল তুলতে বড়ো ভয় পাই । ব্যথা অনুভব করি । অনিচ্ছাকৃত আপোসের সাথে সহবাসে বাধ্য হই । এইভাবে মুঠোফোন জীবন আমাকে শিখিয়েছে ভার্চুয়াল বন্ধুত্ব আর যান্ত্রিক লৌকিকতা । আমি সবসময়েই যা বয়ে নিয়ে বেড়াই । যখনই তোমার দিকে তর্জনী তুলে ধরি, দেখি কখন আমারই দিকে মধ্যমা আর অনামিকা আঙুল তুলে আছে ! ক্রমে আমার তর্জনী অসার হতে হতে বেঁকে যেতে থাকে আলোর বিপরীতে ।

# শরৎ এসেছে

ফুল ফুটেছে । শরৎ এসেছে ।

প্রকৃতির নিয়ম মেনে গাছ বড়ো হয় । কুঁড়ি আসে ।

ফুল ফোঁটে । গাছকে রঙিন করে তোলে ।

আবার বুজে যায় ।

যে রজনীগন্ধা খোঁপায় রাখলে ম ম গন্ধে মন ভরে ওঠে

আবার ঘর ভরতি রজনীগন্ধাও কখনো বয়ে আনে মন কেমনের গন্ধ !

তবু ফুল ফুটুক । কাশেরা দোলা দিক । শারদীয়া আসুক । পৃথিবী হাসুক আবার । মন খারাপের জানালা খুলে আলো ঝলমলে রোদ্দুর এসে রঙ মাখিয়ে দিক দিগ্বিদিক ।

চারিদিকে ফোঁটা ফুল দেখে শরৎ এসেছে ভেবে যে গাড়ি-চালক গাড়ি চালানোর ফাঁকে বুকের বাঁ পকেটের থেকে বের করে হাসিমুখে দেখে নেয় তার মেয়ের ছবি, তাকে তুমি দিনের শেষে ঘরে ফিরিয়ে দিও ।

আর ভালোবেসে যারা সূর্যাস্ত দেখতে চাইছে তোমার মোহনায় - নদী, তাদের তুমি সাঁতার শিখিয়ো । কারণ শিউলি জানান দিয়েছে যে শরৎ এসেছে ।

# বড়দিন

আমার কোনো বড়দিন নেই । নেই কোনো বর্ষ বরণের হর্ষ । যেমনটা ছিল না এবারকার পূজো-পার্বণের দিনগুলিও । দফতর বদলির এগার দিন পরেই আমার বড়দিন খোয়া গেলো ! আমি ঐ দিন আর দিনের মতোই তৈরী হচ্ছিলাম । হাতের আঙুলে দৈনিকের জপমালা ঠেলে ঠেলে সরিয়ে এগোতে এগোতে কি করে যে আমার বড়দিন হারিয়ে গেলো - বুঝতেই পারলাম না । বিচার না হয় ঈশ্বরের উপরেই চাপিয়ে দিলাম । বাবা বললেন, ভরসা রাখ। মন খারাপ করিস না । সবার বড়দিন থাকে না । তার চেয়ে তুই আমার বড়দিনটা নিয়ে নে । ইতস্তত হয়ে আমি জিজ্ঞাসা করলাম , তুমি কোথায় পাবে তোমার বড়দিন ? শুনেছিলাম , আমার ঠাকুরমা হারিয়ে যাবার সাথে সাথে তোমার বড়দিন হারিয়ে গিয়েছে ! কাঠগড়ায় দাঁড়ানো আসামীর মতো মুখ উঁচু না করেই বাবা উত্তর দিলেন , “হ্যাঁ । তা ঠিক । তবে যাবার আগে তোর মায়ের থেকে ফাঁকি দিয়ে আমি বড়দিন লুকিয়ে রেখেছি । তোদের জন্যে । ”

# ভাসমান

কলকল স্রোতের সাথে বয়ে চলে পল । তার চেয়েও অধিক বেগে মন । এখানে সব কিছুই গতিময় । হাজার ঘটনার সাক্ষী আমরা সবাই । যা ভাবছি এখন অপরিবর্তনীয় - পরের মুহূর্তে

দেখি তার অকল্পনীয় পরিবর্তন । প্রবাহিণীর স্রোতের সাথে ভেসে চলেছি প্রতিনিয়ত - না চাইলেও ! তার সাথে সাথে ভেসে চলেছে সযত্নে প্রোথিত আবেগ, নীরব যন্ত্রণা, লুকনো কান্না, মোহময়ী মায়া সবই । আসলে আমরা এগিয়ে চলেছি ..... আর এই চলার কোনো শেষ নেই । নেই কোনো বিরতি । শুধু চলা আর চলা । যার নেই কোনো গন্তব্যস্থল । এই দায়বদ্ধতায় ভেসে চলার পথে চলতে চলতে কি করে হারিয়ে যেতে থাকে আমার মধ্যে থাকা একান্ত নিজস্ব আমি।

www.ingramcontent.com/pod-product-compliance
Lightning Source LLC
LaVergne TN
LVHW021144160826
845679LV00023B/2033

* 9 7 9 8 8 8 7 4 9 3 7 1 8 *